Nota a los

Bienvenidos a LECTURAS PARA NIÑOS DE VERDAD, una
colección de libros diseñados para los niños que comienzan a leer. En
el salón de clases, los educadores usan libros cuyo vocabulario y
estructura gramatical estimulan el interés y la capacidad de los
pequeños lectores. En casa, usted puede utilizar LECTURAS PARA
NIÑOS DE VERDAD para desarrollar destrezas y hábitos de lectura en sus hijos con materiales que siguen los mismos principios
educativos que los utilizados en las escuelas.

Por supuesto, la mejor forma de fomentar la lectura en los niños es
asegurarnos de que sea una actividad placentera. LECTURAS PARA
NIÑOS DE VERDAD se encarga de eso. Sus personajes e historias
son atractivos e interesantes, y capturan de inmediato la imaginación
infantil. El diseño editorial sencillo y las encantadoras fotografías le
ofrecen al pequeño lector las pistas que necesita para descifrar el texto.
Esta combinación resulta divertida y estimulante para los pequeños,
que se verán realmente motivados a la lectura.

La colección LECTURAS PARA NIÑOS DE VERDAD está di-
señada en tres niveles distintos que le permiten seguir el desarrollo
del niño a su propio paso:

• NIVEL 1 está dirigido a niños y niñas que están comenzando a leer.
• NIVEL 2 está dirigido a niños y niñas que pueden leer con ayuda.
• NIVEL 3 está dirigido a niños y niñas que pueden leer solos.

Los distintos niveles están diseñados en función de un vocabulario
controlado. La repetición, rima y sentido del humor ayudan a los
niños a desarrollar destrezas de lectura. Debido a que son capaces de
comprender las palabras y seguir la historia, los lectores desarrollan
seguridad en sí mismos rápidamente. Los niños disfrutan de leer
estos libros una y otra vez, incrementando así su dominio y su sen-
sación de logro hasta que están listos para pasar al siguiente nivel. El
resultado es una experiencia rica y valiosa que les ayudará a desarrollar un amor a la lectura para toda la vida.

Para Ariel, una gran ganadora
—C. S.

Para Simone y Finn
—D. H.

Un agradecimiento especial a la ferretería Raynor Suter Hardware de
Mattituck, NY, y a Julianna Carlson.

Producido por DWAI / Seventeenth Street Productions, Inc.

Traducción al español: copyright © 2008 por Lerner Publishing Group, Inc.
Título original: *I Like to Win!*
Copyright del texto: © 1999 por Lerner Publishing Group, Inc.

La edición en español fue realizada por un equipo de traductores hablantes nativos del español
de translations.com, empresa mundial dedicada a la traducción.

ediciones Lerner
Una división de Lerner Publishing Group, Inc.
241 First Avenue North
Minneapolis, MN 55401 EUA

Dirección de Internet: www.lernerbooks.com

Library of Congress Cataloging-in-Publication Data

Simon, Charnan.
    [I like to win!. Spanish]
    Me gusta ganar! / Charnan Simon ; fotografías por Dorothy Handelman.
       p. cm. — (Lecturas para niños de verdad. Nivel 1)
    Summary: Trouble arises between a brother and sister because she always wins the games they
play, but then she discovers that she does not have to brag or win all the time.
    ISBN 978–0–8225–7801–7 (pbk. : alk. paper)
    [1. Winning and losing—Fiction. 2. Brothers and sisters—Fiction. 3. African Americans—
Fiction. 4. Spanish language materials.] I. Handelman, Dorothy, ill.
II. Title.
PZ74.3.S46 2008
[E]—dc22   2007009312

Fabricado en los Estados Unidos de América
1 2 3 4 5 6 – DP – 13 12 11 10 09 08

¡Me gusta ganar!

Charnan Simon

Fotografías por Dorothy Handelman

ediciones Lerner • Minneapolis

¡Me gusta ganar!

Y cuando jugamos,
muchas veces gano.

¡Me gusta ganar!
Ganar en las carreras,

9

en los dardos . . .

. . . y en los juegos
de mesa.

¿Pero qué pasa?
¿Te enojas?

¿No quieres jugar más?

¡Qué pena que me da!

¿Qué pasa? ¿Te vas?
¡Ah! ¡No puede ser!

Sola me aburriré.

Hagamos un plan.

25

Si jugamos,
tú no te enojas
ni te vas.

Yo no grito ni alardeo.

Me gusta ganar.
Y a ti también.
¡Ya veo!

Leer junto con su niño o niña

1. Procure leer junto con su niño o niña por lo menos veinte minutos todos los días, como parte de su rutina diaria.
2. Mantenga los libros para niños en un lugar cómodo y accesible.
3. Pídale a su niña o niño que lea *¡Me gusta ganar!* en voz alta. Si tiene dificultades con alguna palabra:
   - permítale que pronuncie lentamente. (Diga: "Tómate tu tiempo".)
   - busquen pistas en la ilustración. (Diga: "¿Qué muestra la ilustración?".)
   - pídale que busque pistas en el contexto. (Diga: "¿Qué crees que debe decir?".)
4. Si su niña o niño aún no puede descifrar la palabra, ayúdelo con la palabra. No espere a que se llene de frustración.
5. Elogie a su pequeño lector: con su entusiasmo y apoyo, irá de triunfo en triunfo.